Y BY   HYG

GW 2001929 7

GOMER

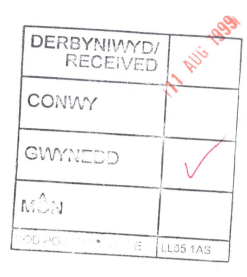
Mae'r stori hon
i Siân, Mirain, Elin ac Anna.

Argraffiad cyntaf—1999

ISBN 1 85902 678 8

ⓗ testun: Meinir Pierce Jones 1999 ©
ⓗ lluniau: Jac Jones 1999 ©

Mae Meinir Pierce Jones a Jac Jones wedi datgan eu hawl dan Ddeddf Hawlfraint, Dyluniadau a Phatentau 1988
i gael eu cydnabod fel awdur ac arlunydd/dylunydd y llyfr hwn.

Dymuna'r cyhoeddwyr gydnabod cymorth Cyngor Llyfrau Cymru.

Argraffwyd yng Nghymru gan
Wasg Gomer, Llandysul, Ceredigion

Roedd lleuad lawn fel ceiniog arian y noson y ganed efeilliaid Tir Gwenith.

Ymlwybrodd Sianw, yr hen wraig hysbys, draw at y ffenest. Er ei bod wedi arfer tendio ar famau adeg geni bu heno'n noson hir, a chwynai pob asgwrn yn ei chorff. Ond gwenodd wrth weld y ddau fach yn cysgu yn eu crud derw, hardd. Pen du a phen aur.

'Goleuni a thywyllwch,' mwmialoddd Sianw dan ei gwynt gan gau'r llenni rhag y nos tu allan. Cerddodd ias ryfedd drwyddi'n sydyn.

'Gofala di fynd â nhw i'w bedyddio ar y cyfle cynta, Beti,' siarsiodd.

Bu geiriau Sianw'n clindarddach yng nghlustiau Beti drwy'r haf.

Ond roedd pob diwrnod mor enbyd o brysur! Doedd gan Elis a hithau ddim digon o arian i gyflogi morwyn i lanhau a golchi a choginio, nac i dalu gwas i garthu a bugeilio a thrin y gwair. Gwnaent bopeth eu hunain. Gallai Elis droi ei law at waith saer a byddai'n gwneud ambell ddodrefnyn i gymydog, a thrwsio ffenest neu ledu drws i gael ceiniog dros ben at eu byw. Erbyn y Sul byddent yn rhy flinedig i wneud dim ond siglo'r crud.

Un noson pan aeth Beti i odro gwrthodai Trwdi'r fuwch roi'r un dafn o laeth. Gwyddai hithau y byddai Gwyn a Deio'n crio am ddiod ganol nos a syllodd yn syn i'r bwced sych.

Mi bicia i i ofyn i Sianw am fenthyg, penderfynodd yn sydyn. Pum munud fydda i – yno a 'nôl.

Ond croeso digon cwta a gafodd hi gan Sianw.

'Y fuwch yn hesb?' gofynnodd, gan godi'n araf i estyn y caead oddi ar y llestr llaeth pridd. 'A hitha newydd ddod â llo bach? Mae rhyw ddrwg ar droed heno, 'merch i.'

'Gwrthod gollwng ei llaeth i mi mae hi, falle,' atebodd Beti'n gyflym. 'Elis fydd yn godro fel arfer.' Estynnodd am y jwg lafoeriog a mentro gwên. 'Diolch i chi. Rŵan, mae'n well i mi –'

'A phwy sy'n gwarchod y ddau fach i ti heno, felly, os nad ydi Elis gartre?'

'Neb . . . ym . . . roedden nhw'n cysgu'n sownd,' eglurodd Beti'n gloff.

Trodd Sianw ei chefn ati ac roedd gwae lond ei llais y tro nesaf y siaradodd.

'Dos adre am dy fywyd, Beti Tir Gwenith!'

Wrth iddi redeg hynny allai hi ar hyd y ffordd drol am y tŷ daeth gweryru'r gaseg i glustiau Beti, a'r hen gi'n udo fel pe bai'n ddiwedd byd. Brysiodd i'r bwtri i gadw'r llaeth ac estyn siôl gynnes, a daeth yr hen gath ati i hel mwythau. Cythrodd yn y lamp a phrysuro i agor drws y stabl. Ond er syllu ni allai weld dim. Dim ond y cysgodion yn plethu trwy'i gilydd.

Ar hynny clywodd sŵn wylo torcalonnus o'r gegin. Rhuthrodd yno a chael y penfelyn yn sgrechian fel pe bai rhywun wedi ei binsio'n greulon. Cododd ef o'r crud a'i wasgu ati'n dynn.

'Ssshh,' cysurodd, 'mae dy frawd yn cysgu'n braf wel'di.'

Fu dim trefn ar Gwyn ar ôl y noson honno. Byddai'n crio a chnewian am oriau a dim modd ei gysuro.

'Roedd o'n fabi mor fodlon i ddechrau,' meddai Beti un bore. 'Dydi o ddim tebyg iddo fo'i hun.'

Cododd y tad ef o'i grud. 'Ti'n llygad dy le,' cytunodd. 'A dydi o ddim tebyg i neb o'r teulu chwaith. Does bosib bod y tylwyth teg felltith wedi'i ffeirio fo . . .'

'Taw â dy lol,' ffromodd Beti gan ei gipio. 'Bach y nyth ydi o, siŵr iawn.'

'Gwyn y gwêl y frân ei chyw,' ochneidiodd Elis.

Ond ar ôl cael y syniad blin i'w ben, methai Elis yn lân â chael gwared ohono.

Erstalwm, pan oedd yn hogyn bach, byddai weithiau'n chwarae gêm – smalio nad plentyn ei fam a'i dad oedd o mewn gwirionedd, ond mab rhyw ddieithriaid. Roedd y gêm yn hudol – fel agor drws dirgel yn y bwthyn llwm a'i saith o blant. Dychmygu y deuai ei dad a'i fam go-iawn i chwilio amdano ryw ddydd, ei ddal yn dynn atynt a'i ddwyn yn ôl wedyn i'w byd nhw. Byd cysurus, llawn cyfoeth.

Ond gwylltio'n gacwn a wnaeth ei fam pan soniodd wrthi am ei freuddwyd. 'Rho'r gora i'r fath lol, y rwdlyn uwd!'

Ond yn awr roedd y drws dirgel hwnnw'n gilagored ym mywyd Elis eto. A ddydd a nos gallai ei glywed yn gwichian, gwichian drwy ei feddwl – fel sŵn babi'n igian crio.

Aeth amser heibio a thyfodd Deio'n gwbyn siriol, llond ei groen. Ond golwg creadur bach surbwch oedd ar Gwyn.

'Mae Deio wrth ei fodd efo fo, wel'di,' meddai Beti un dydd am y ceffyl pren roedd eu tad wedi ei wneud iddynt.

'Ond edrych ar y llall,' meddai'r tad. 'Fel rhyw hen ddyn bach blin, a rhywun wedi dwyn ei faco!'

'Ssshh,' meddai Beti.

'Ma-mi,' dolefodd y penfelyn yn sydyn. 'Ma-mi.'

'Myn cythrel i,' ysgyrnygodd Elis dan ei wynt 'mae'r llais cnewllyd yna'n codi croen gŵydd drosta i.'

'Mae o'n siarad yn dda ryfeddol, chwarae teg,' rhesymodd Beti.

'Ydi,' cytunodd ei gŵr, 'yn annaturiol o dda. Dwyt ti ddim yn gweld, Beti fach, fod 'na rywbeth yn od, rhywbeth o'i le, rhywbeth –'

'Falle,' cytunodd Beti'n ofalus.

Manteisiodd Elis ar ei gyfle. 'Beth am fynd draw i weld 'rhen Sianw? Mae hi'n wraig hysbys ac yn gwybod pob dirgelion. Mi fedr hi daflu goleuni ar bethau.'

'Falle,' meddai Beti wedyn. 'Fory.'

'Dim falle a dim fory,' atebodd Elis gan estyn am ei het a siôl Beti. 'Tyrd!'

Doedd Beti ddim wedi bod ar gyfyl Sianw ers y noson honno y bu'n nôl benthyg y llaeth, sbel hir yn ôl bellach. Teimlai'n chwithig yn y bwthyn rywsut, a gwyrodd i ddangos y cathod bach newydd i'r bechgyn. Adroddodd Elis yntau sut yr oedd pethau arnynt.

Gwelodd Beti'r penfelyn yn clustfeinio, a theimlo trueni drosto.

'Ma-mi.' Closiodd yn nes ati. 'Ma-mi.'

Gwrandawodd Sianw'n astud ar bob gair oedd gan Elis i'w ddweud. Ar ôl iddo orffen, cododd a phrocio'r tân. Yna eisteddodd eto yn ei chadair freichiau gan gnocio blaen ei chlocsiau yn ei gilydd.

'Mi fyddai'r hen wraig fy mam yn arfer dweud,' meddai Sianw o'r diwedd, 'y byddai tylwyth teg y bryniau 'ma'n sgiamio i ffeirio un o'u plant nhw'u hunain am blentyn dynol unwaith ym mhob saith mlynedd.'

Edrychodd Elis i fyw llygaid Beti.

'Pam bob saith mlynedd, Sianw?' mentrodd.

'Wel fachgen, mae yna hen goel fod y tylwyth teg yn gorfod aberthu un o'u plant i'r Gelyn Mawr unwaith ym mhob saith mlynedd ar Galan Awst. Dyna pam y ffeirio, wel'di, i arbed croen eu plentyn eu hunain.'

'Dydw i ddim yn coelio ryw hen straeon fel'na !' fflamiodd Beti ar ei thraws. 'Mae oes hen godlach fel'na wedi darfod.'

'Os wyt ti'n deud.' Edrychodd Sianw heibio iddi ar y penfelyn, gan sylwi eto ar y llygaid, ar y clustiau.

'Mae'n rhaid i ni gael gwybod, Sianw,' mynnodd Elis. 'Allwn ni ddim byw celwydd.'

'Na fedrwch,' cytunodd yr hen wraig. 'Ac mae amser yn brin a hithau'n Ŵyl Ioan drennydd. Ewch adre rŵan ac mi ddo i acw heno i ddangos sut gallwch ganfod ai plentyn y tylwyth teg ydi hwn.'

Mynnodd Elis fod Beti'n dilyn cyfarwyddiadau Sianw air am air.

A chytunodd Beti yn y diwedd. I ddechrau, torrodd blisg dwsin o wyau a chodi cawl iddynt o'r crochan.

'Cer allan i chwarae efo dy frawd,' meddai hi wrth y penfelyn maes o law mewn llais smalio ffwrdd-â-hi. 'Mae Mami'n brysur bore 'ma.'

Ond ni symudodd y bachgen oddi ar y stôl drithroed.

'Beth chi'n neud, Ma-mi?'

'Gwneud cinio i'r dynion sy'n helpu gyda'r cynhaea,' atebodd hithau gan ailadrodd yr union eiriau a ddysgodd Sianw iddi.

Ar ôl gosod y plisg i gyd ar yr hambwrdd cododd Beti ef yn bwyllog i'w osod ar y silff lechen i'r bwyd oeri. Ond wrth iddi droi, o dan suo siffrwd ei phais a ffrwtian y cawl, clywodd yn eglur lais main y bachgen yn cwynfan wrtho'i hun:

> 'Gwelais wy cyn gweled iâr,
> Gwelais fesen cyn gweld derwen,
> Ond erioed yn fy myw ni welais i
> Wneud bwyd i fedelwyr mewn plisgyn wy.'

Rhewodd Beti yn y fan. Geiriau rhyw greadur hen a fu'n cerdded y ddaear ers dau gan mlynedd oedd y rhei'na – nid geiriau plentyn dwyflwydd – yr union eiriau hefyd a brofai tu hwnt i unrhyw amheuaeth mai un o blant y tylwyth teg oedd hwn.

'Elis!' gwaeddodd nerth esgyrn ei phen. 'Elis, tyrd yma!'

Gadawodd Sianw i Beti brebliach holl hanes yr wyau a'r rhigwm rhyfedd drwy'i dagrau. 'Dyna hen dro,' meddai hi wrth y gath toc, 'na fyddai'r lodes wedi gwrando arna i yn y lle cynta.'

'Helpwch ni, Sianw,' ymbiliodd Elis. 'A bydd Beti a minnau yn eich dyled tra byddwn ni byw.'

'Nos drennydd bydd y lleuad yn llawn,' murmurodd Sianw yn y man a'i llais ymhell. 'Rhaid i ni fynd draw i Winllan y Betws am hanner nos. Bydd yr hen dylwyth yno – a bydd eich Gwyn chi yno hefyd.'

Goleuodd wynebau'r ddau.

'A beth ddaw o'r bychan benthyg yma?' mentrodd Beti.

Y tro hwn nid oedd ateb gan Sianw.

Bu'r tridiau nesaf fel oes i Beti. Caeodd Elis y drws arno'i hun yn y gweithdy gan ei gadael hithau gyda'i hofnau a swnian y bechgyn.

O'r diwedd daeth yr amser a chychwynnodd y teulu yng nghwmni Siani draw i'r Winllan. Ac ar ôl cyrraedd swatio'n glwstwr yng nghysgod y gwrych. Yna aros. Ac aros.

Tincl a thonc o bell.

Siffrwd adenydd swirliog.

Pibau'n prepian.

Sŵn traed bychan bach.

Pitr patr ar y gwelltglas gwlithog.

A lleisiau'n nesáu: sibrwd, sisial, suoganu, siliwagio.

Geiriau hud amryliw.

Nesáu at y cylch.

A hedfan, martsio, dawnsio, siglo i'w ganol.

Rhyfedd, ofnadwy, selog a swil.

A'r ymdeithgan yn darfod,

fel y dafnau ola'n diferu.

Fesul tonc a thincl.

Daeth yr awr.

Gwibiai llygaid Beti i bobman yn awr fel dynes wedi drysu. Yna, yng nghanol y giwed, daliodd gip ar ben aur. Gollyngodd ddwylo'r hogiau a llamu at ymyl eithaf y cylch.

'Rhowch i mi 'machgen yn ôl,' erfyniodd.

'Gwylia dy gam,' meddai'r frenhines. 'Buost yn esgeulus unwaith o'r blaen a thalu'n ddrud am hynny.'

'Edrych,' meddai Beti gan godi'r creadur. 'Mi ddois â dy blentyn dithau'n ôl i ti. Mae o'n rhy werthfawr i'w adael yn ein byd ni.'

'Ac yn rhy werthfawr i ddod ag e'n ôl yma mor agos at Galan Awst yn sicr,' atebodd y frenhines yn oer. 'Fydd dim ffeirio yma heno.'

Tynhaodd y frenhines ei gafael am Gwyn ac arswydodd Beti wrth gofio am yr hen goel a glywsai Sianw gan ei mam.

Ar hynny daeth Elis ymlaen o'r cysgodion i oleuni ymyl y cylch. Edrychai'n llwyd ac yn flinedig ar ôl gweithio'n ddiarbed yn y gweithdy am dridiau a thair noson. Ond cerddai'n urddasol, fel petai'n camu trwy ddrws cudd i neuadd olau.

'Frenhines y Tylwyth Teg,' cyfarchodd. 'Mae gen i rodd arbennig i ti. O dan bont Tir Gwenith mae baban bach wedi'i gerfio o bren – mor berffaith ag unrhyw faban byw. Cymer o i'w gyflwyno i'r Gelyn Mawr yn arwydd o wrogaeth y Tywlyth Teg.'

Yn araf bach, llaciodd gafael-grepach brenhines y tylwyth teg am Gwyn ac estynnodd ei breichiau i gofleidio ei phlentyn ei hun. '*Crspltd, grsmptl, grtnzglfen,*' sibrydodd wrtho. '*Ptdlnmn bctpzd.*'

'Dad, gymar, blentyn,' adleisiodd Gwyn yn iaith ei rieni. 'Achubwyd ni.'

Yr eiliad nesaf llamodd Gwyn yn llawen o gylch y tylwyth teg. A thorrwyd yr hud. Taflodd Elis ei het i'r entrychion gyda 'Shang-cw!' Cododd Deio ei bengliniau'n beryglus o uchel mewn dawns waci-wirion.

A ffeiriodd y ddwy fam wên am wên.

'Dewch, gymdeithion,' meddai'r frenhines toc wrth y fflyd ryfedd o'i chwmpas. 'Nid oes amser i ymdroi. Bydd y Gelyn Mawr yn disgwyl amdanom.'

O lech i lwyn cychwynnodd y frenhines a'r tylwyth teg ar eu siwrne faith at bont Tir Gwenith, yn gyntaf, i gasglu'r baban pren ac yna ymlaen i bellafion y gogledd i gyflwyno'u haberth. A throdd Elis a Beti a'r bechgyn am adref hefyd a'u gwenau'n goleuo'r nos.

'Elis?' gofynnodd Beti ymhen tipyn, a'r ddau fach erbyn hyn yn cysgu'n drwm yn eu breichiau. 'Wyt ti'n meddwl y gwnaiff y Gelyn Mawr dderbyn y baban pren?'

'Gwnaiff yn sicr,' atebodd Elis, 'neu fyddai'r frenhines byth wedi rhyddhau Gwyn.'

'Ac ai fo fydd yr aberth diwetha – dros byth bythoedd ?' gofynnodd Beti wedyn.

Syllai Elis i'r pellter wrth gerdded. 'Wn i ddim,' meddai o'r diwedd, gan swatio Gwyn yn ei gesail. 'Tyrd. Mae'n amser mynd adre.'

Gyda'r blynyddoedd tyfodd Gwyn a Deio'n fechgyn tal a thriw, yn gefn i'w mam a'u tad a'r hen Sianw. Aent i bob cwr o'r plwyf i ddilyn gwaith saer a chynaeafu, a chanmolai pawb eu gwaith.

Ac ar ambell nos olau bob blwyddyn deuai'r tylwyth teg i Dir Gwenith ar flaenau eu traed, gan adael darn arian fel lleuad lawn dan obennydd Gwyn, yn arwydd o'u diolch i'r teulu.